CB061731

QUINT BUCHHOLZ

NA TERRA DOS LIVROS

tradução
Claudia Cavalcanti

Panda Books

Título original: *Im Land der Bücher*, de Quint Buchholz
© 2013 Carl Hanser Verlag GmbH & Co.Kg, München

Diretor editorial
Marcelo Duarte

Diagramação
Vanessa Sayuri Sawada

Diretora comercial
Patth Pachas

Consultoria
Ana Carolina Carvalho

Diretora de projetos especiais
Tatiana Fulas

Impressão
Eskenazi

Coordenadora editorial
Vanessa Sayuri Sawada

Assistente editorial
Olívia Tavares

CIP — BRASIL. CATALOGAÇÃO NA PUBLICAÇÃO
SINDICATO NACIONAL DOS EDITORES DE LIVROS, RJ

Buchholz, Quint
Na terra dos livros / Quint Buchholz; tradução Claudia Cavalcanti.
– 1. ed. – São Paulo: Panda Books, 2019. 56 pp.

Tradução de: Im Land der Bücher

ISBN 978-85-7888-733-9

1. Livros e leitura – Ficção. 2. Ficção – Literatura infantojuvenil alemã. I. Cavalcanti, Claudia. II. Título.
Bibliotecária: Meri Gleice R. de Souza – CRB-7/6439

19-54894	CDD: 808.899282
	CDU: 82-93(430)

2019
Todos os direitos reservados à Panda Books.
Um selo da Editora Original Ltda.
Rua Henrique Schaumann, 286, cj. 41
05413-010 – São Paulo – SP
Tel./Fax: (11) 3088-8444
edoriginal@pandabooks.com.br
www.pandabooks.com.br
Visite nosso Facebook, Instagram e Twitter.

Nenhuma parte desta publicação poderá ser reproduzida por qualquer meio ou forma sem a prévia autorização da Editora Original Ltda. A violação dos direitos autorais é crime estabelecido na Lei nº 9.610/98 e punido pelo artigo 184 do Código Penal.

Ler é sonhar pela mão de outrem.
Fernando Pessoa

Num salto incrível ela se aventura

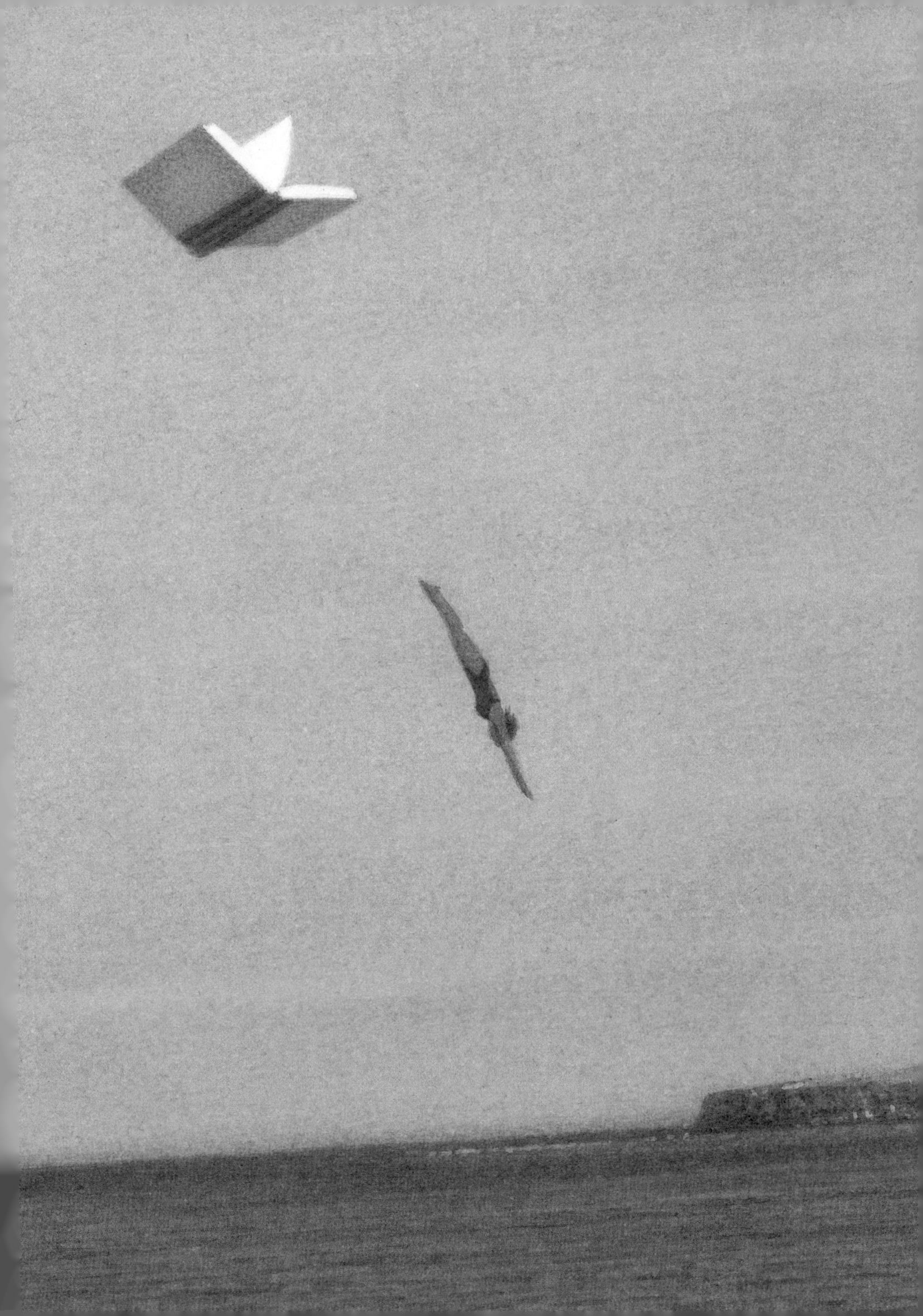

Ele olha o mundo de outros jeitos

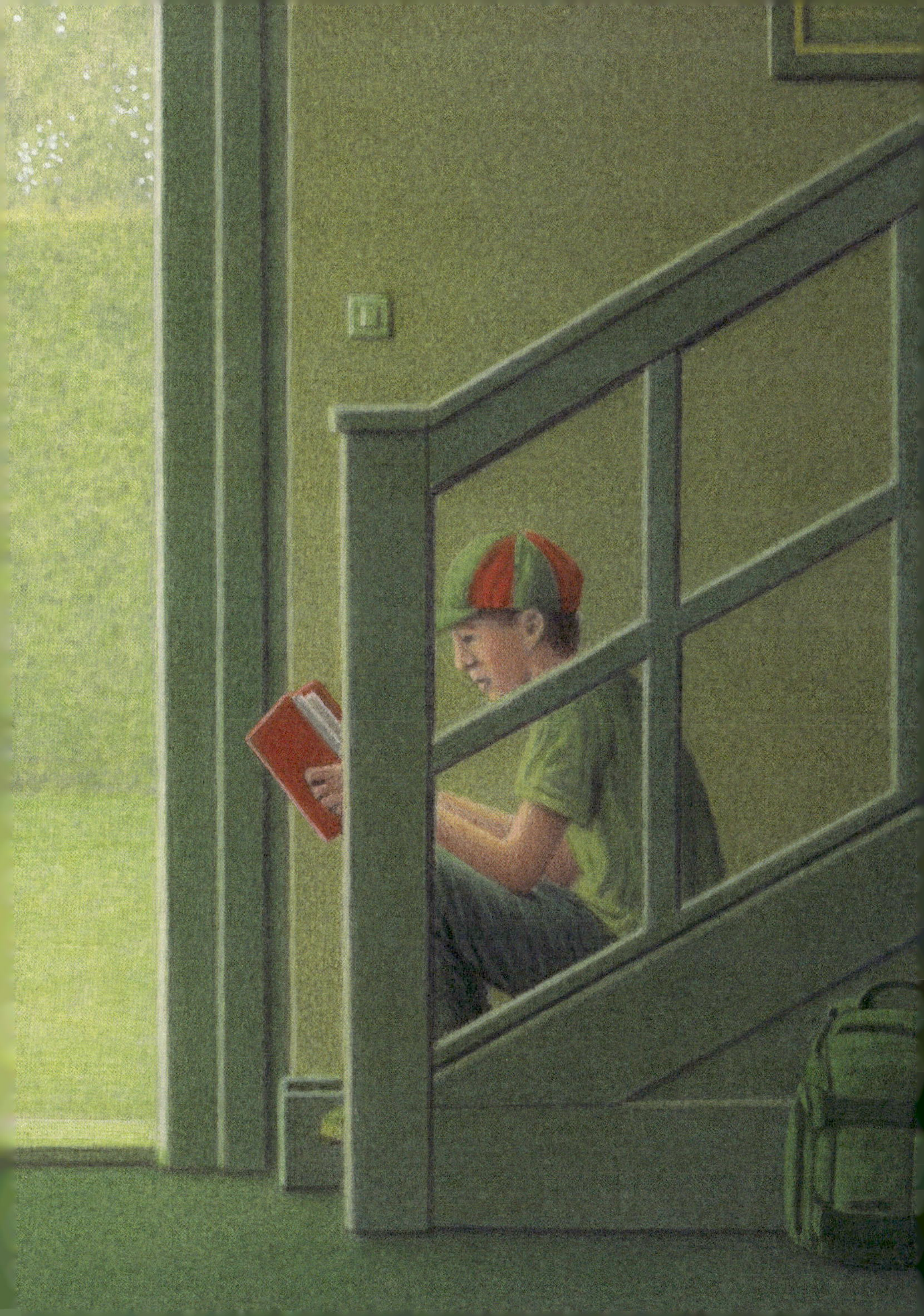

Ela não tem medo de altura

in der Luft
einen Puder,
selber lang-
Weges ging
it. Ich ent-
m Gaumen
e zu treten.

Seus livros arriscam voos perfeitos.

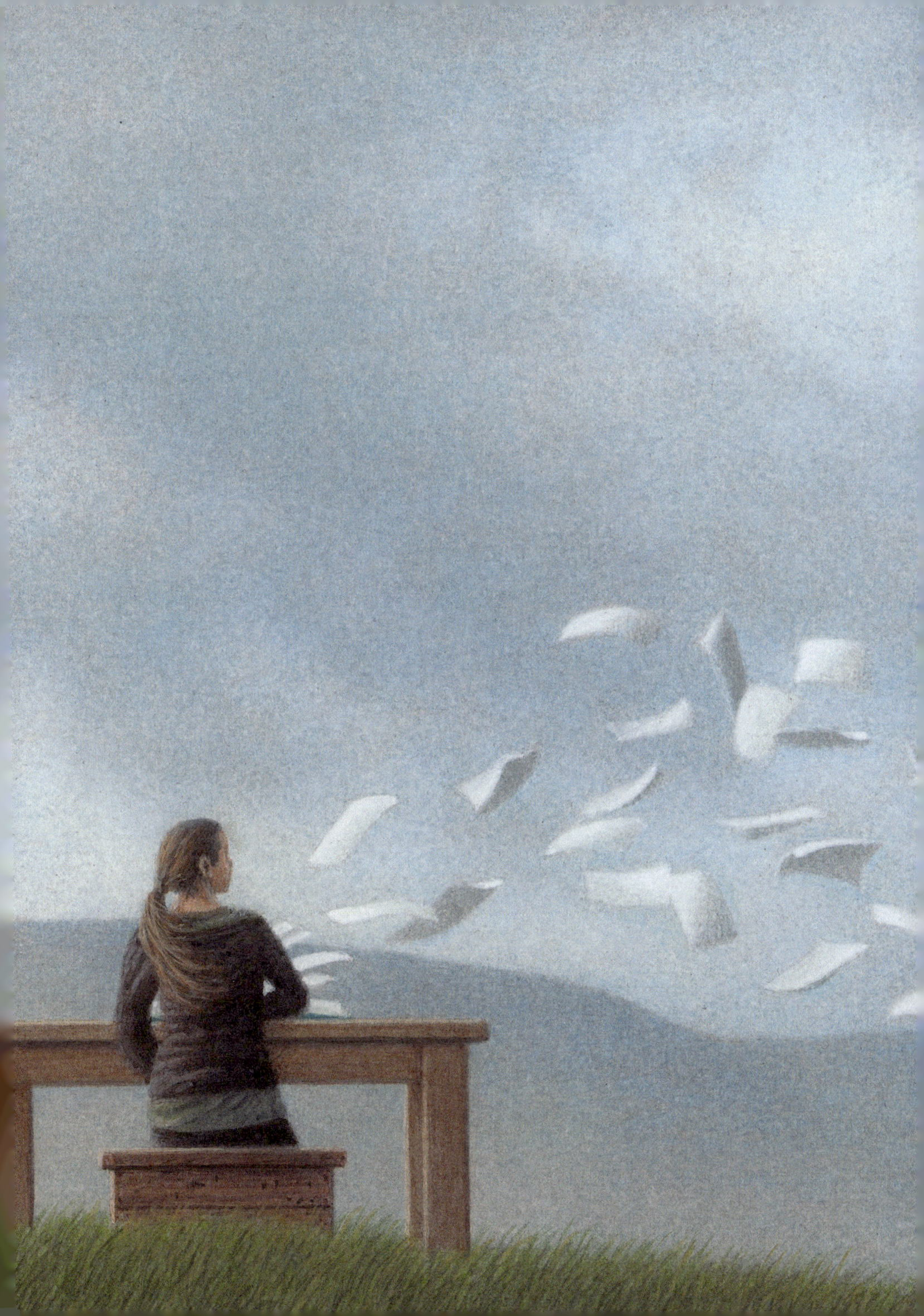

Ele evita barulho, gritaria

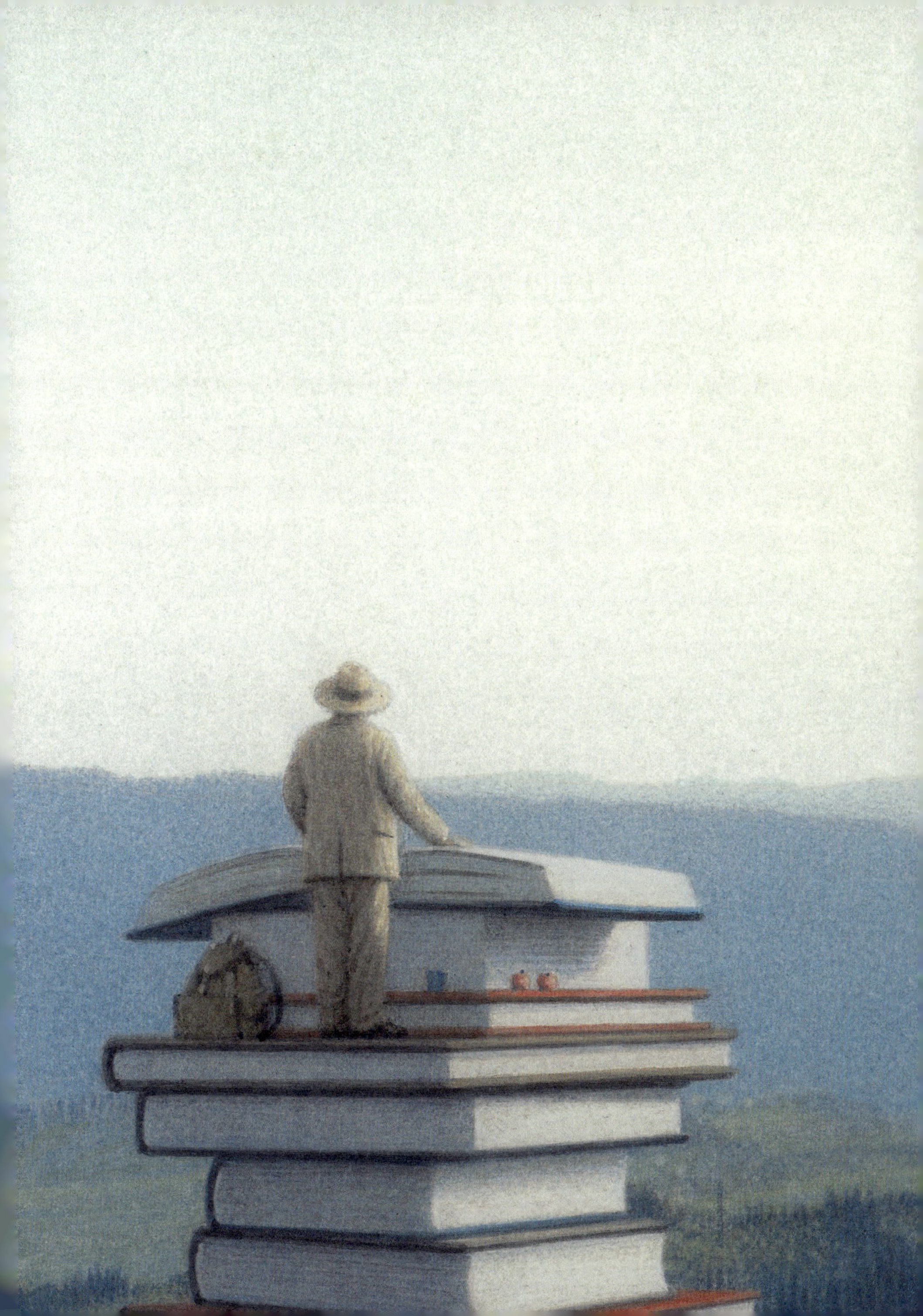

Ele enfrenta o bom combate

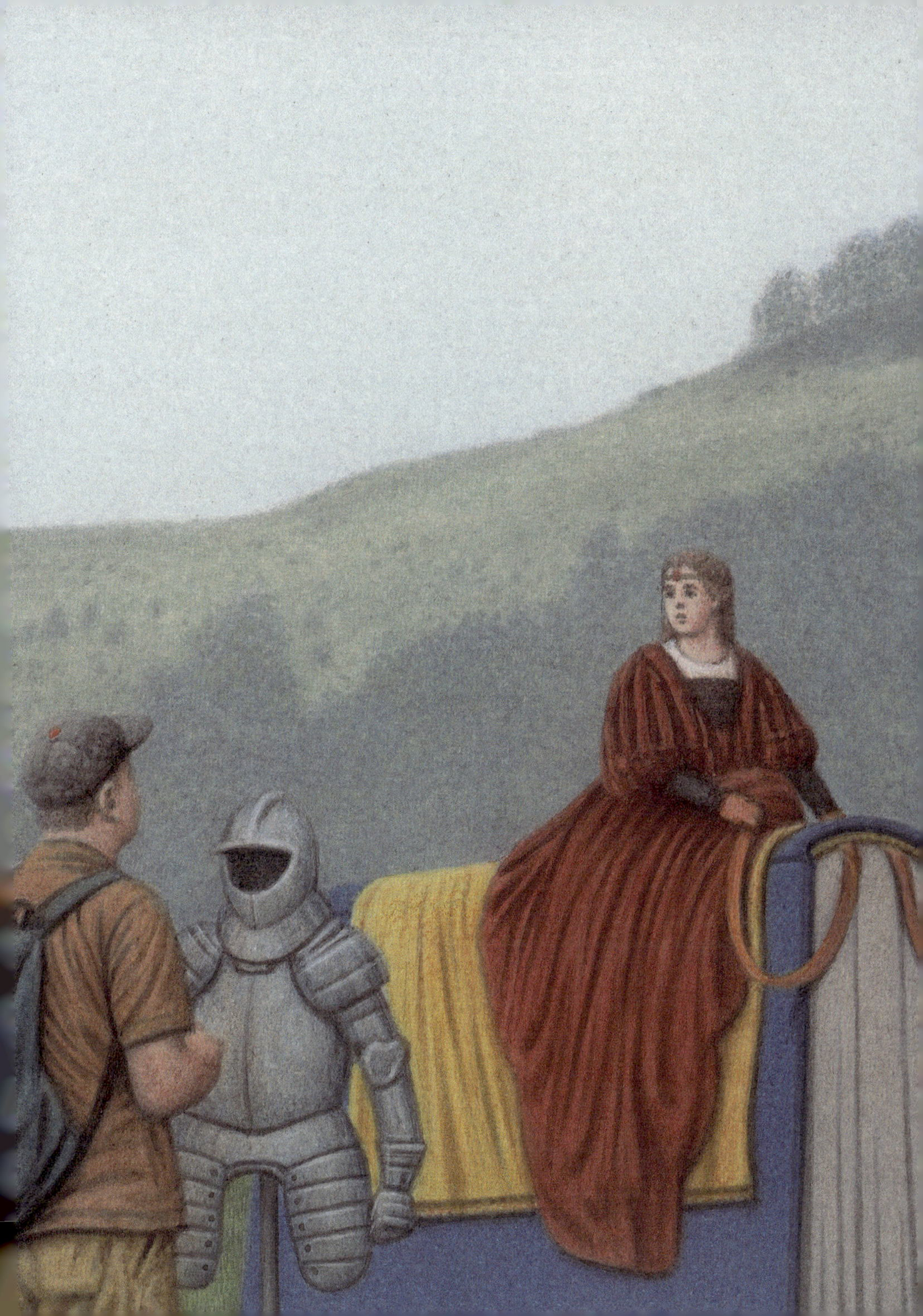

Ela prefere a calmaria

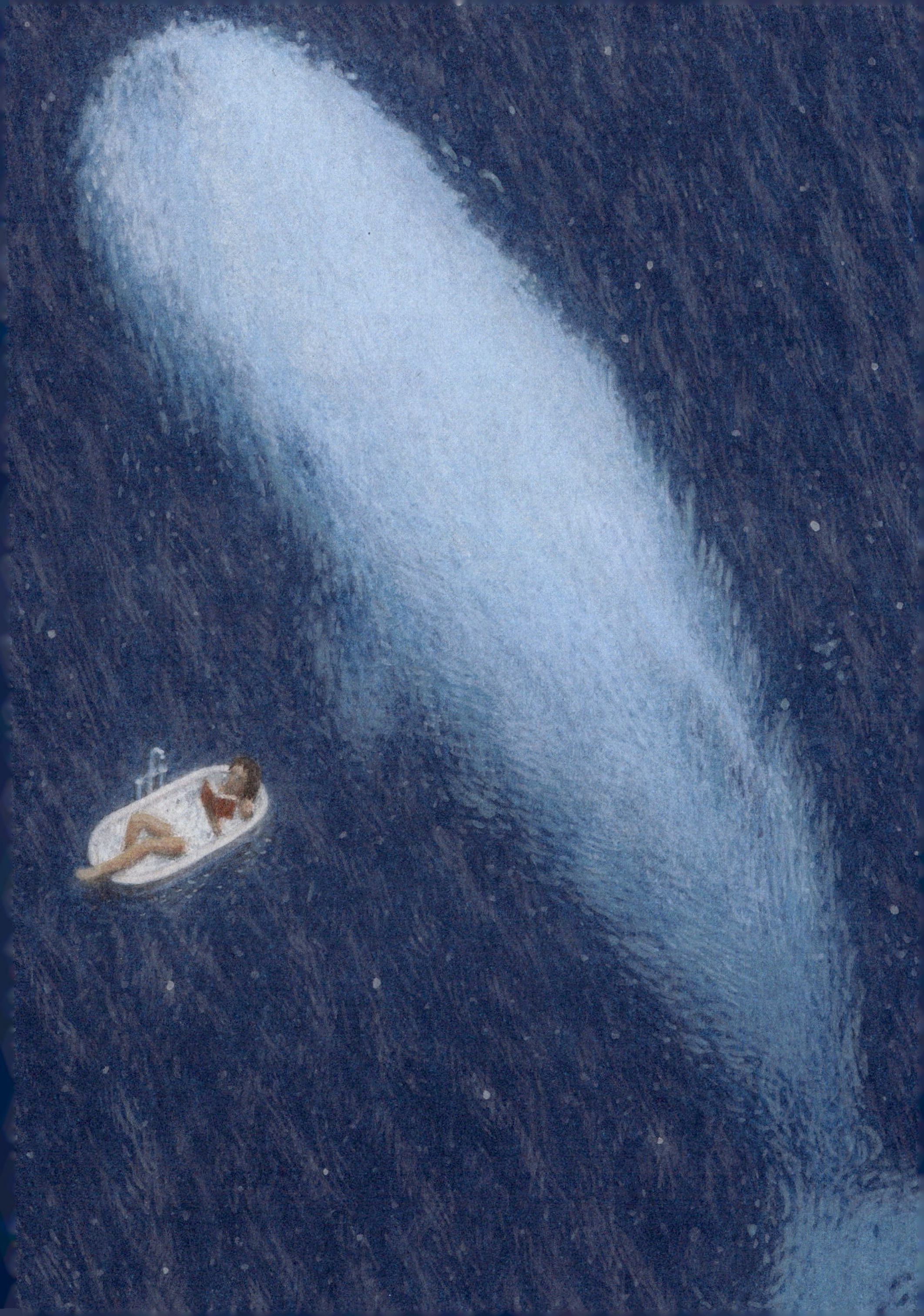

E ele busca rimas para embate.

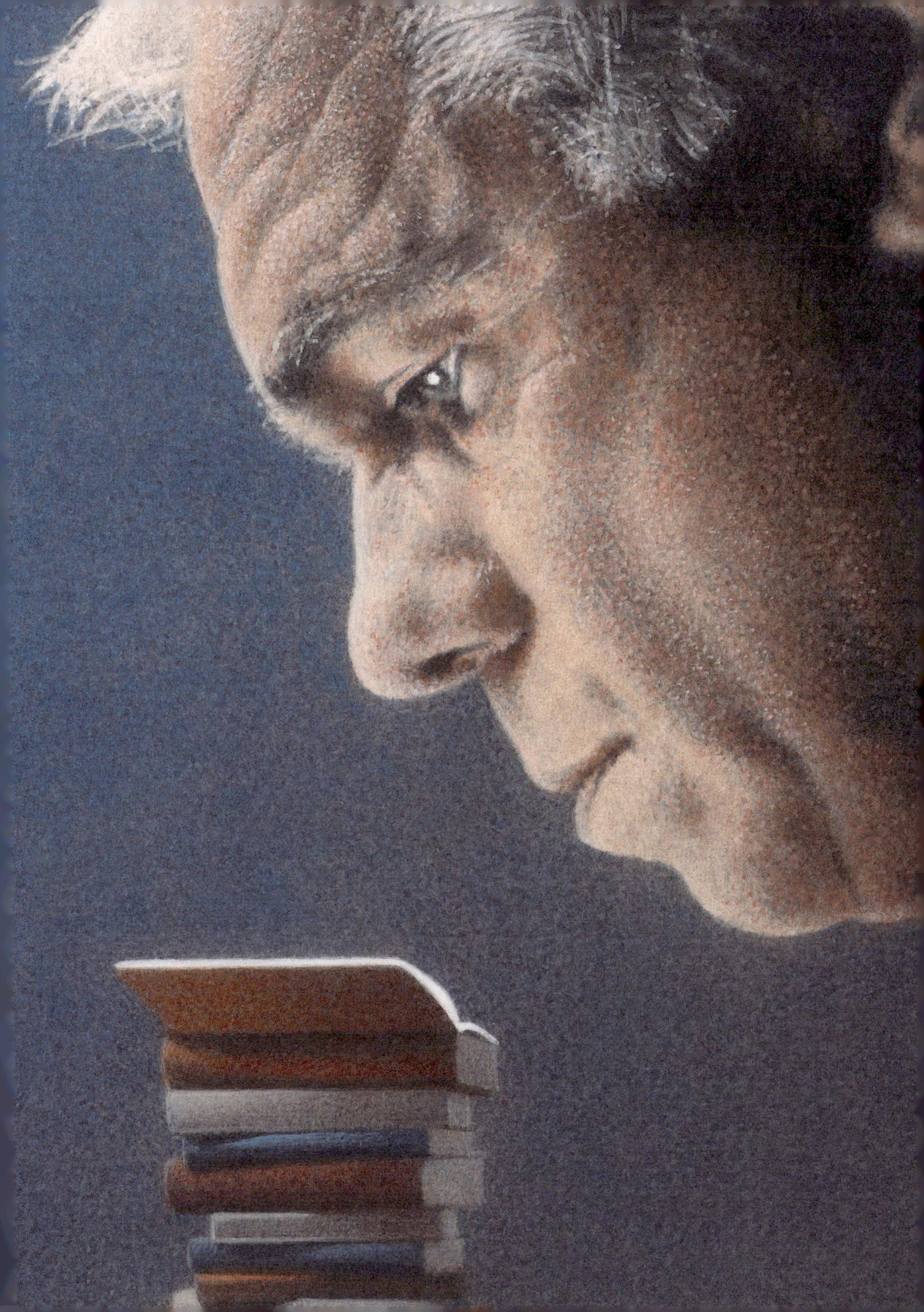

Ela sente disparar seu coração

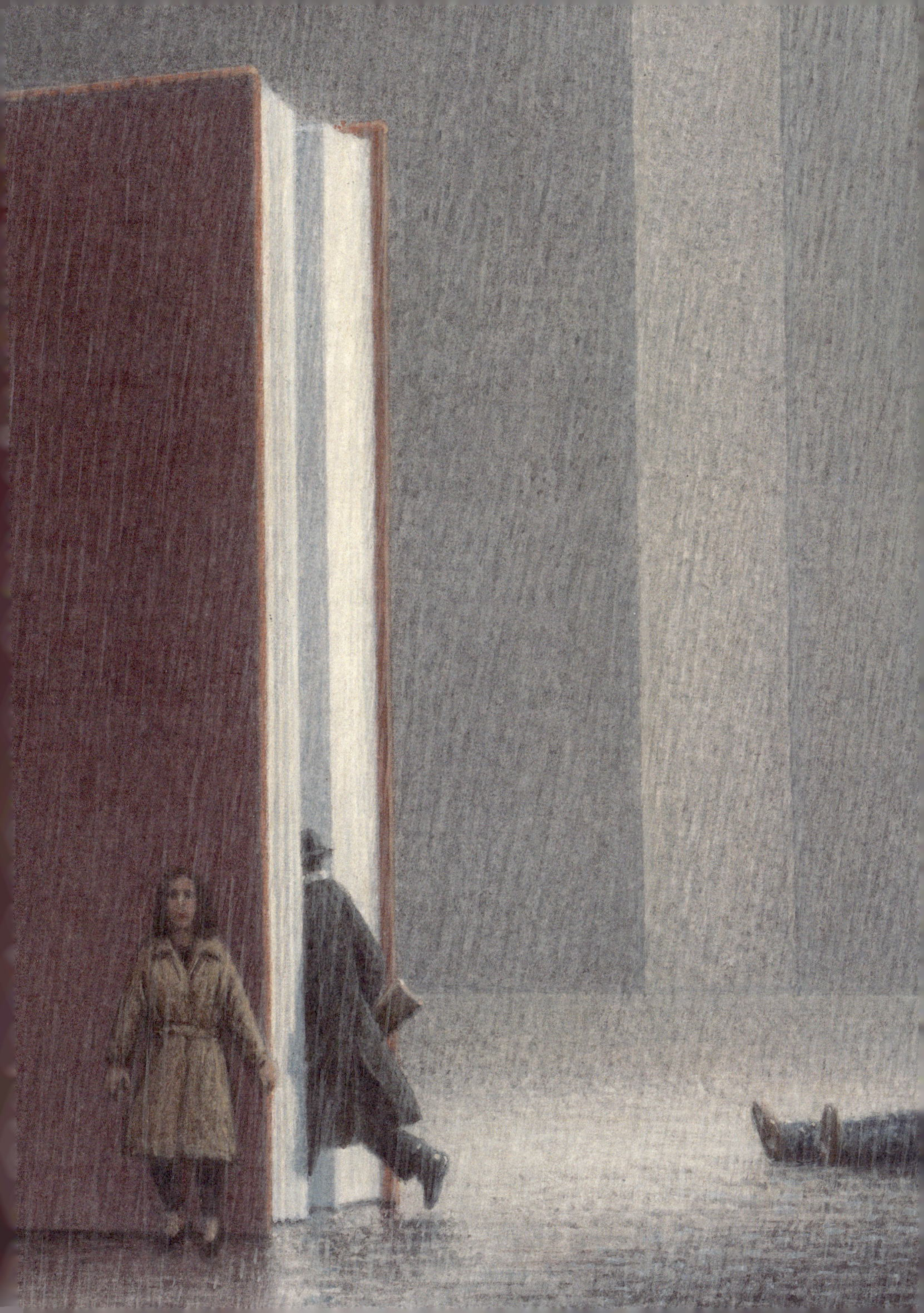

Os livros às vezes o deixam no escuro

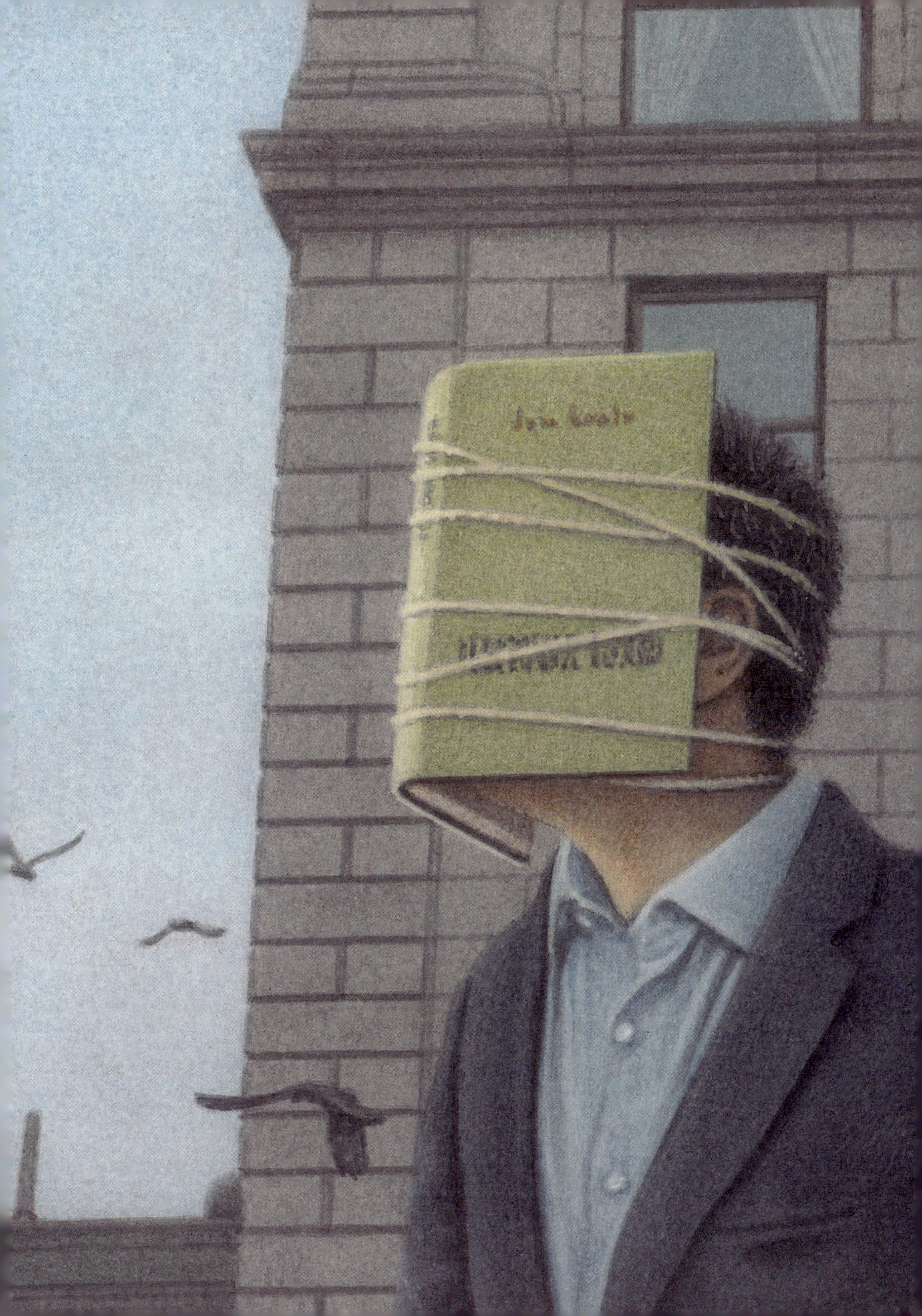

Ele vê, mas não quer comparação

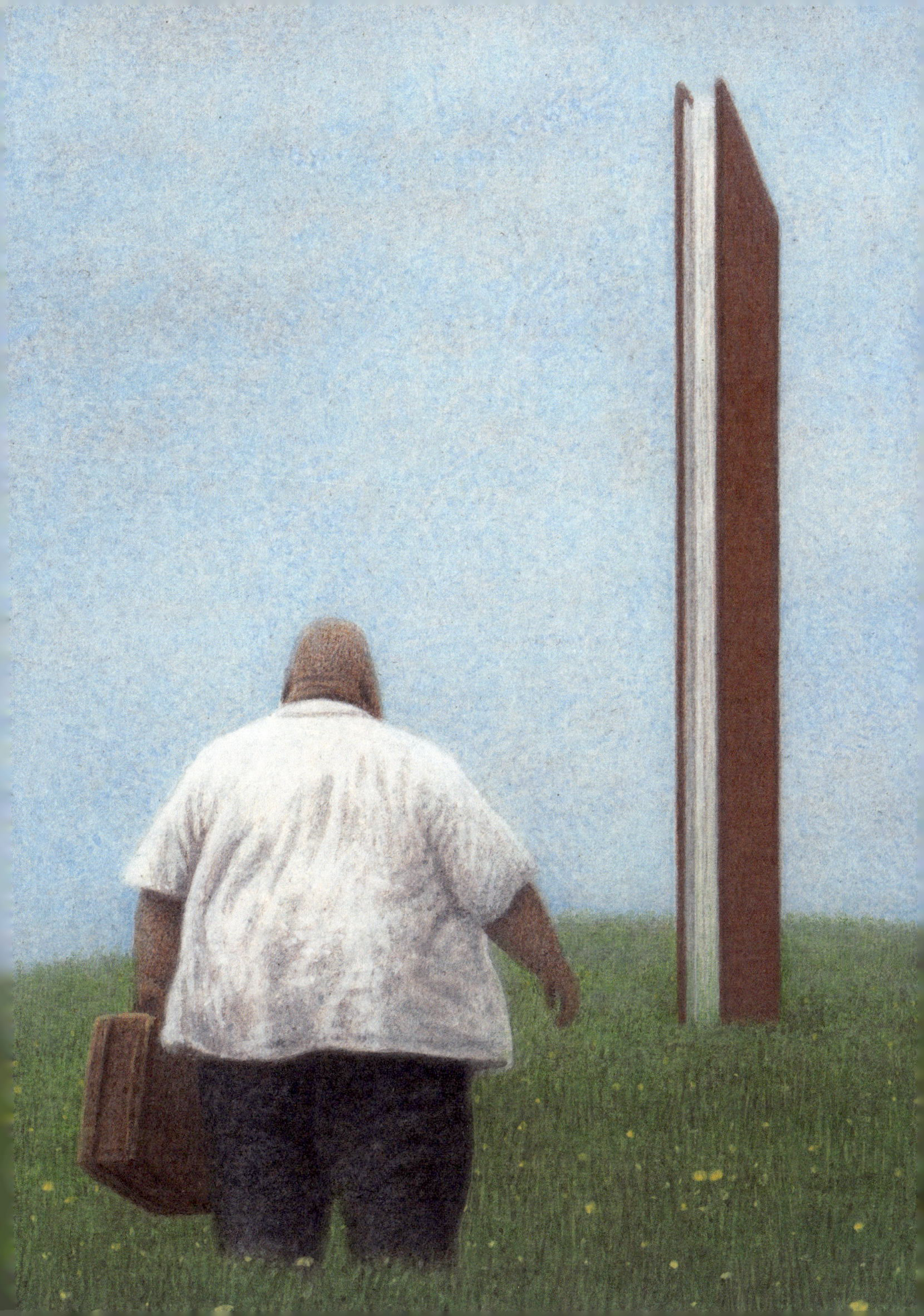

E ele conta histórias para o futuro.

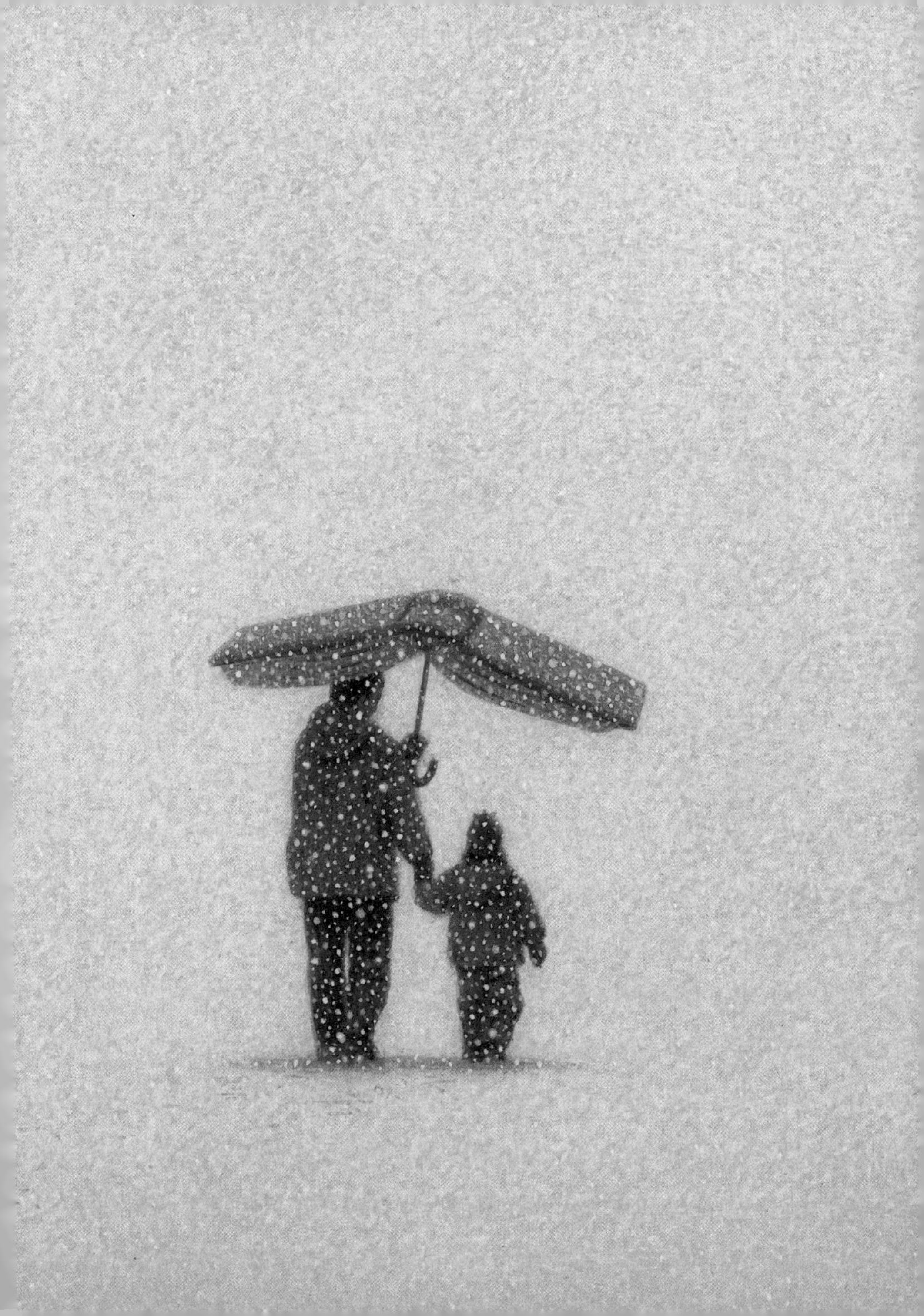

Alguém escuta uma novidade

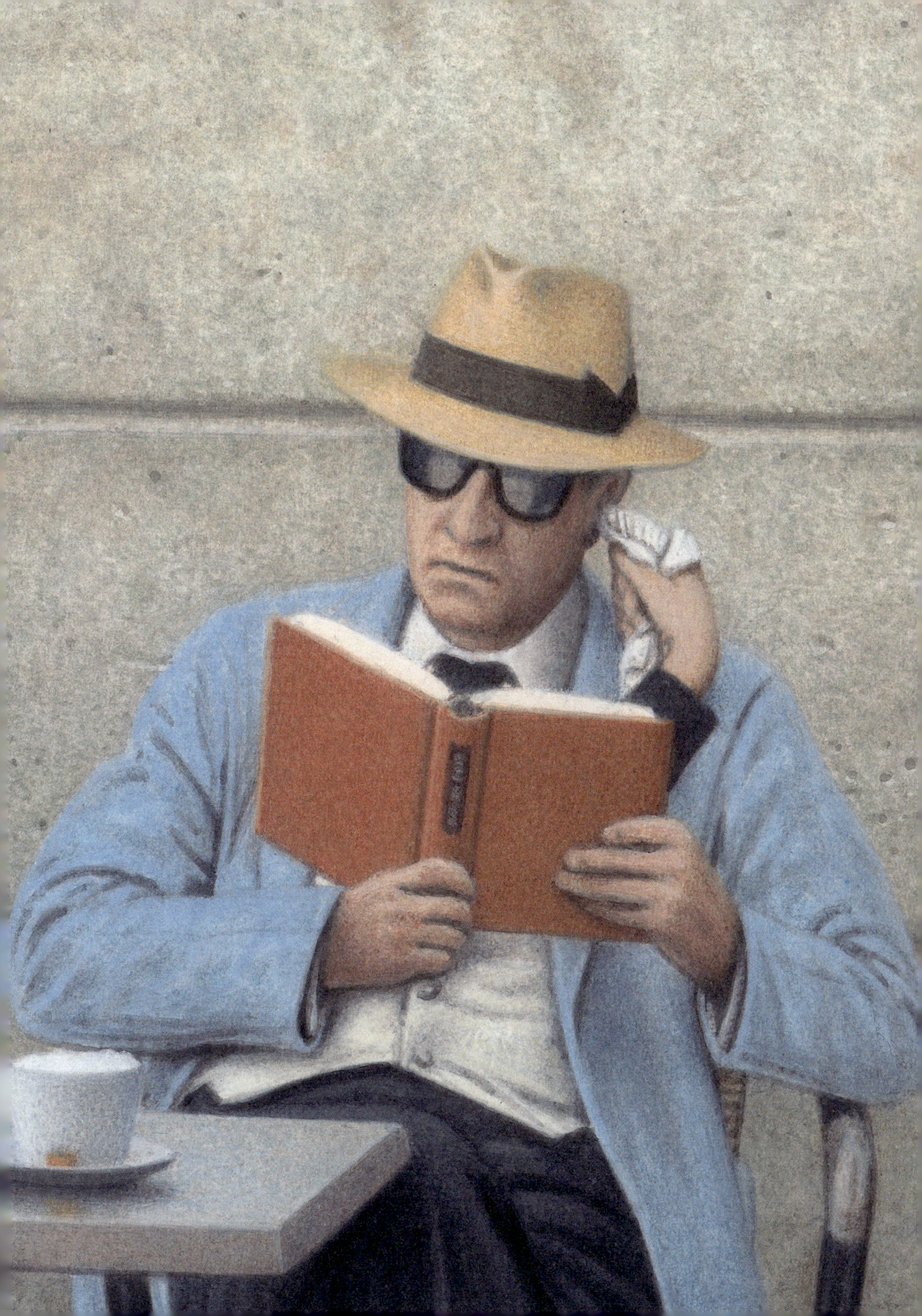

Ele não pensa no perigo agora

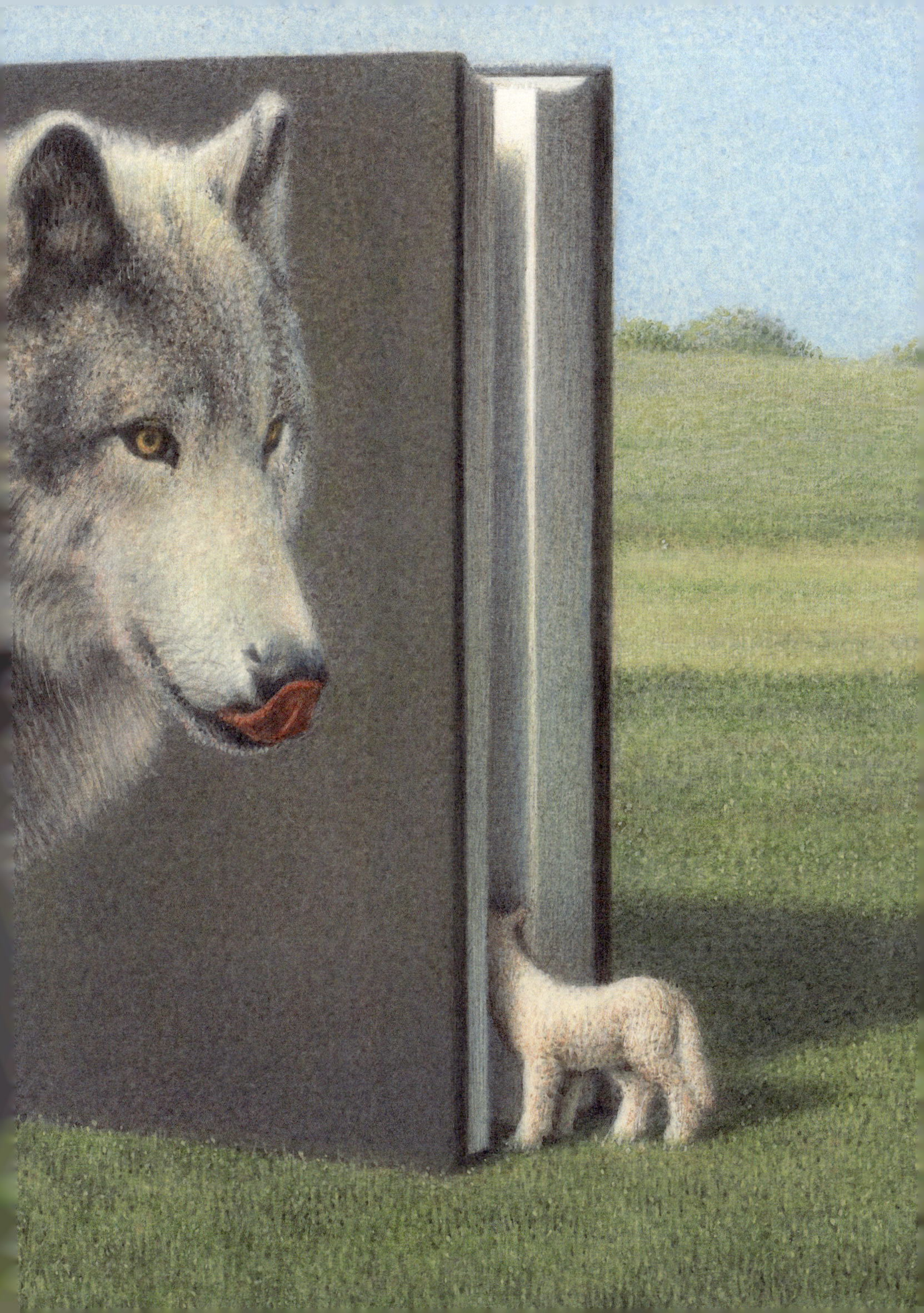

Ela dança na maior felicidade

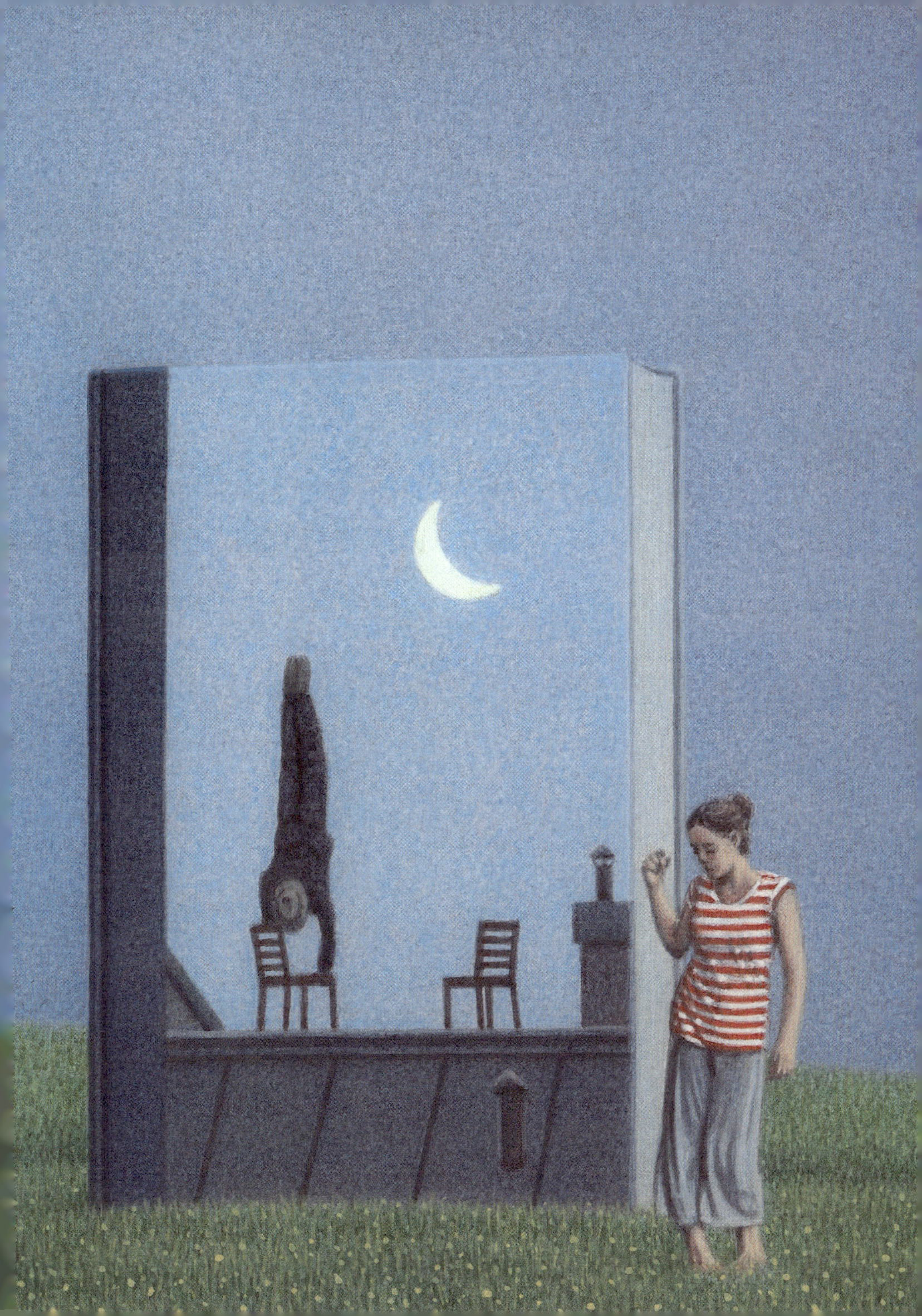

Ele pressente o adeus e chora.

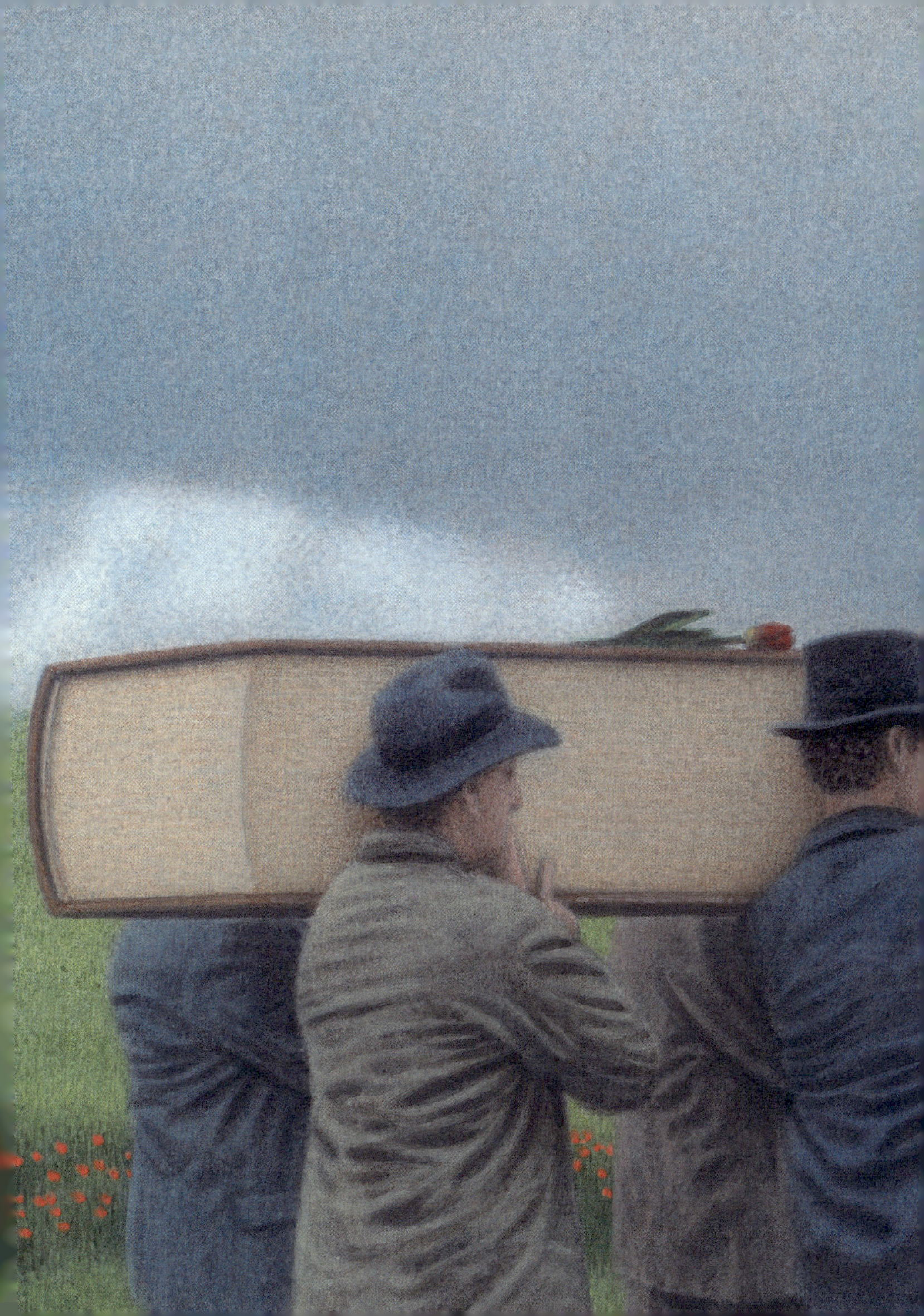

Ele mira desconhecidos lugares

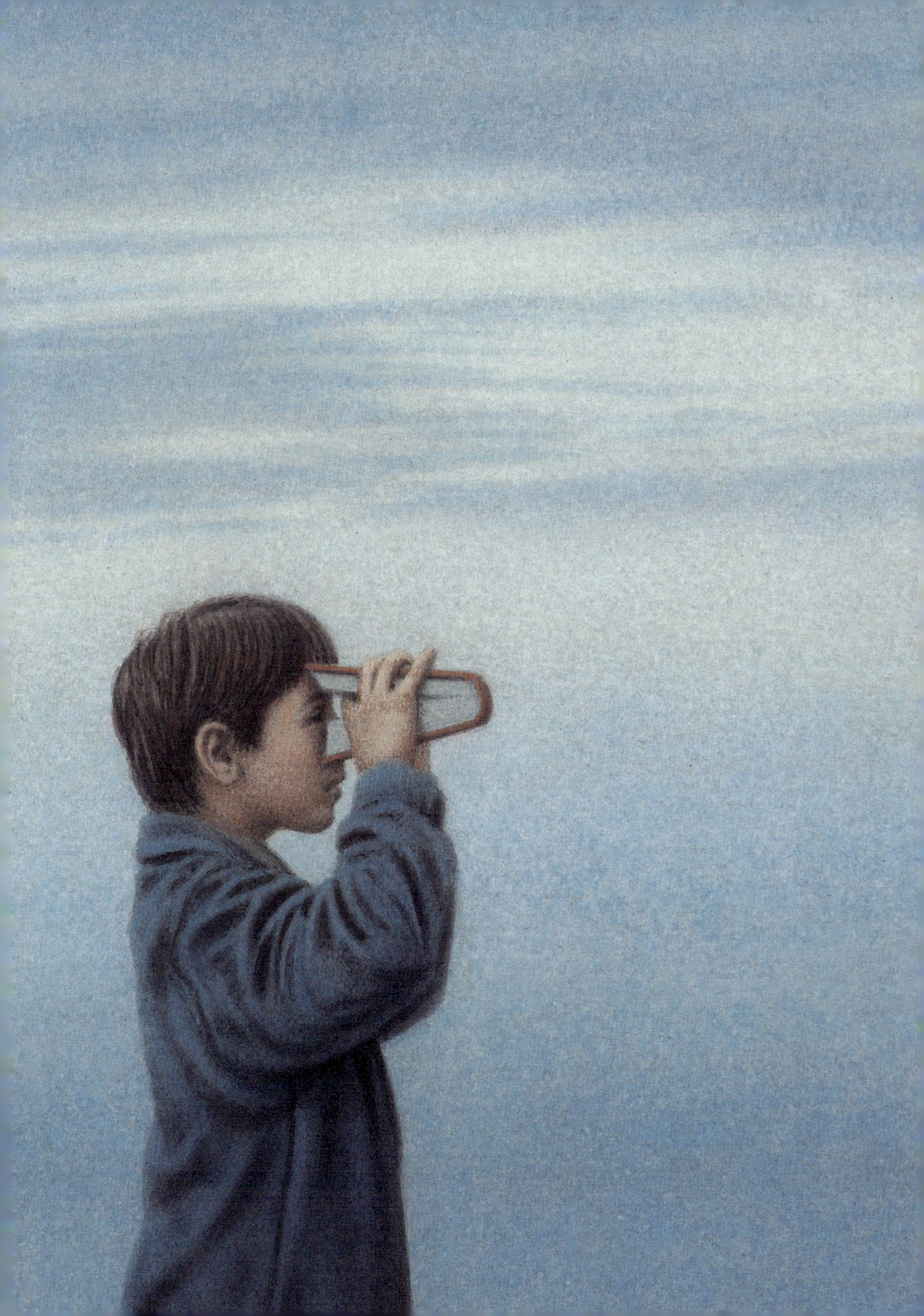

O outro vai lendo bem devagar

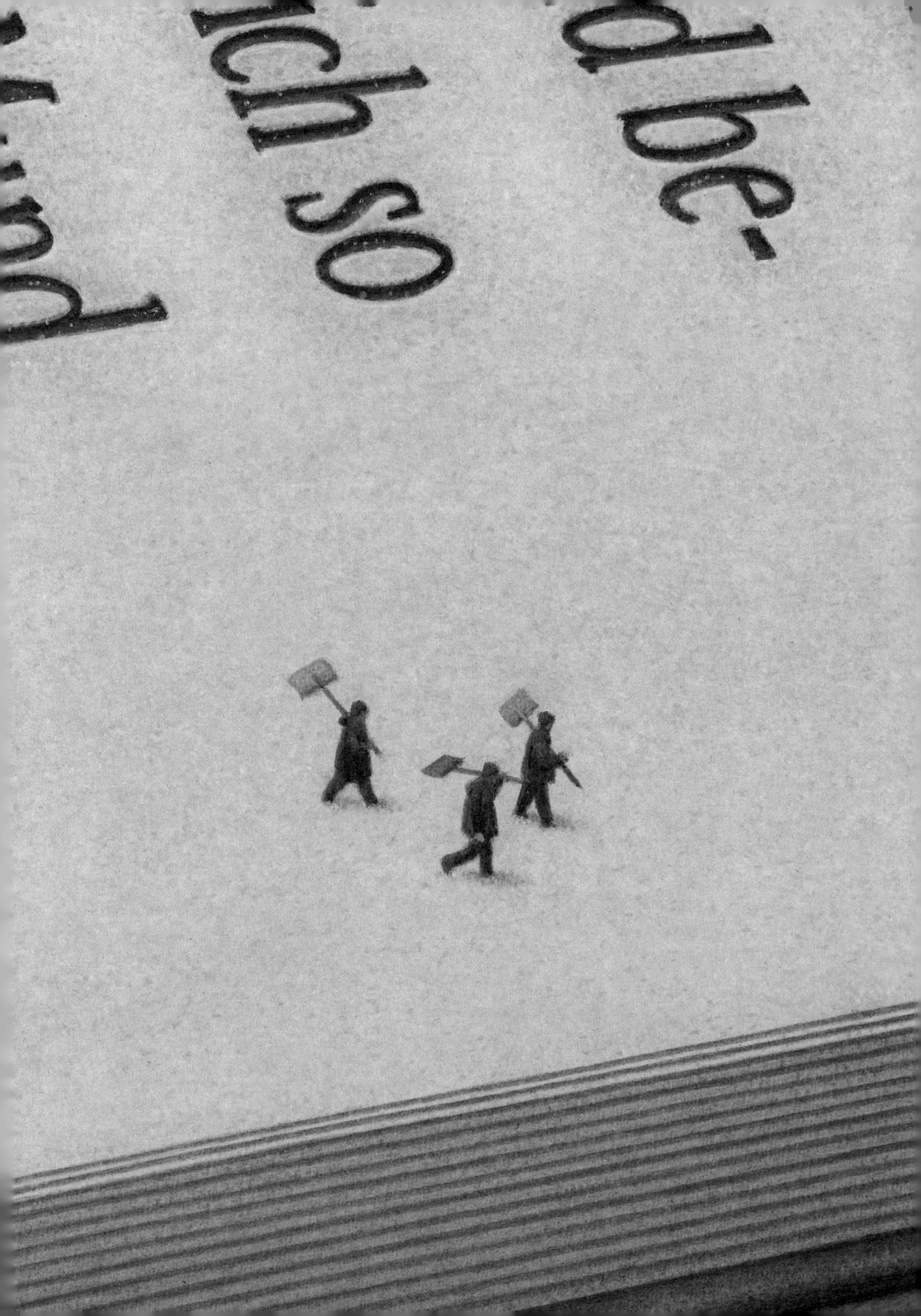
dbe-
ch so

Ela junta palavras espetaculares

oldene Planken,

E ele sabe o que propagar.

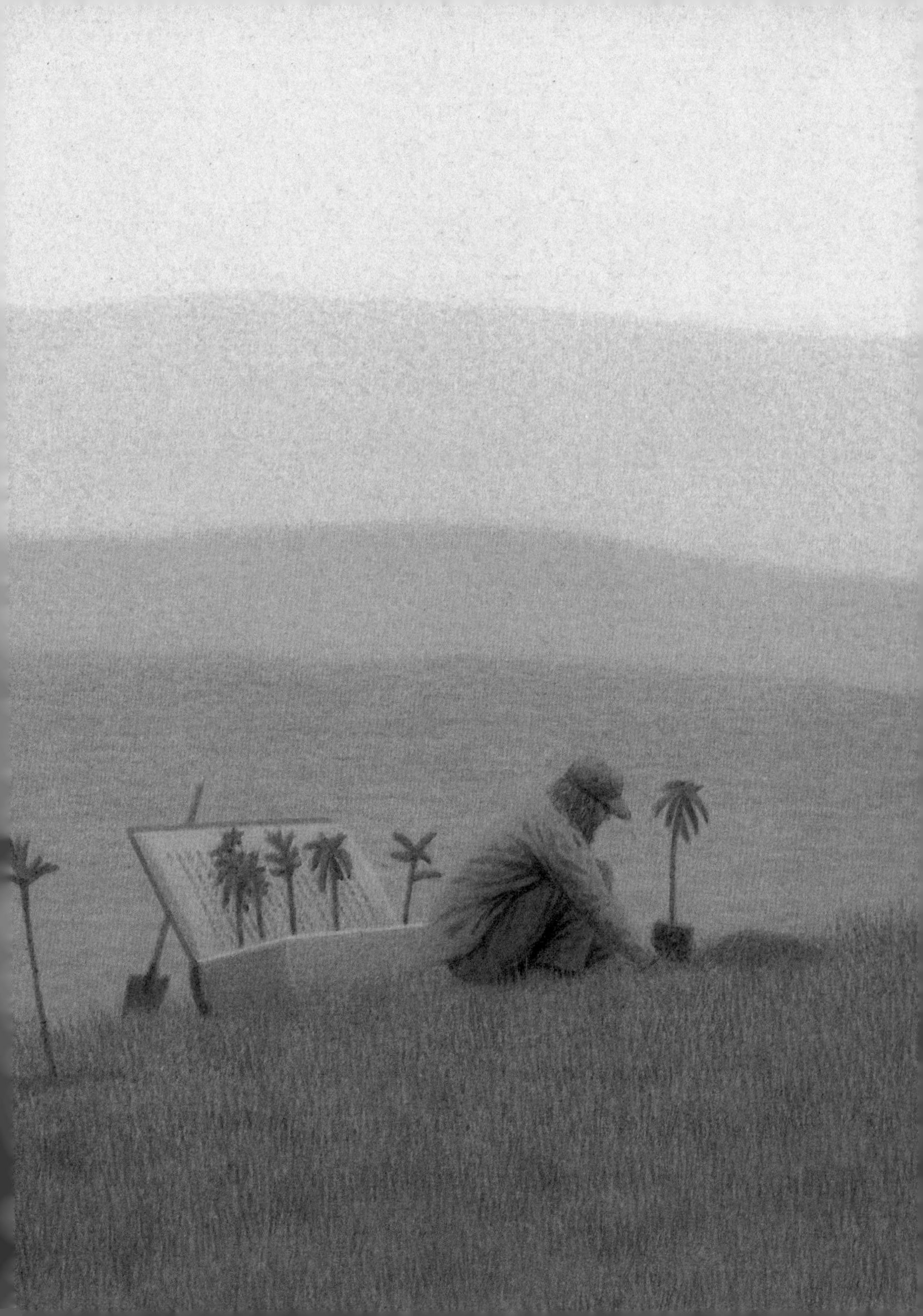

Ela gosta de espaços vazios

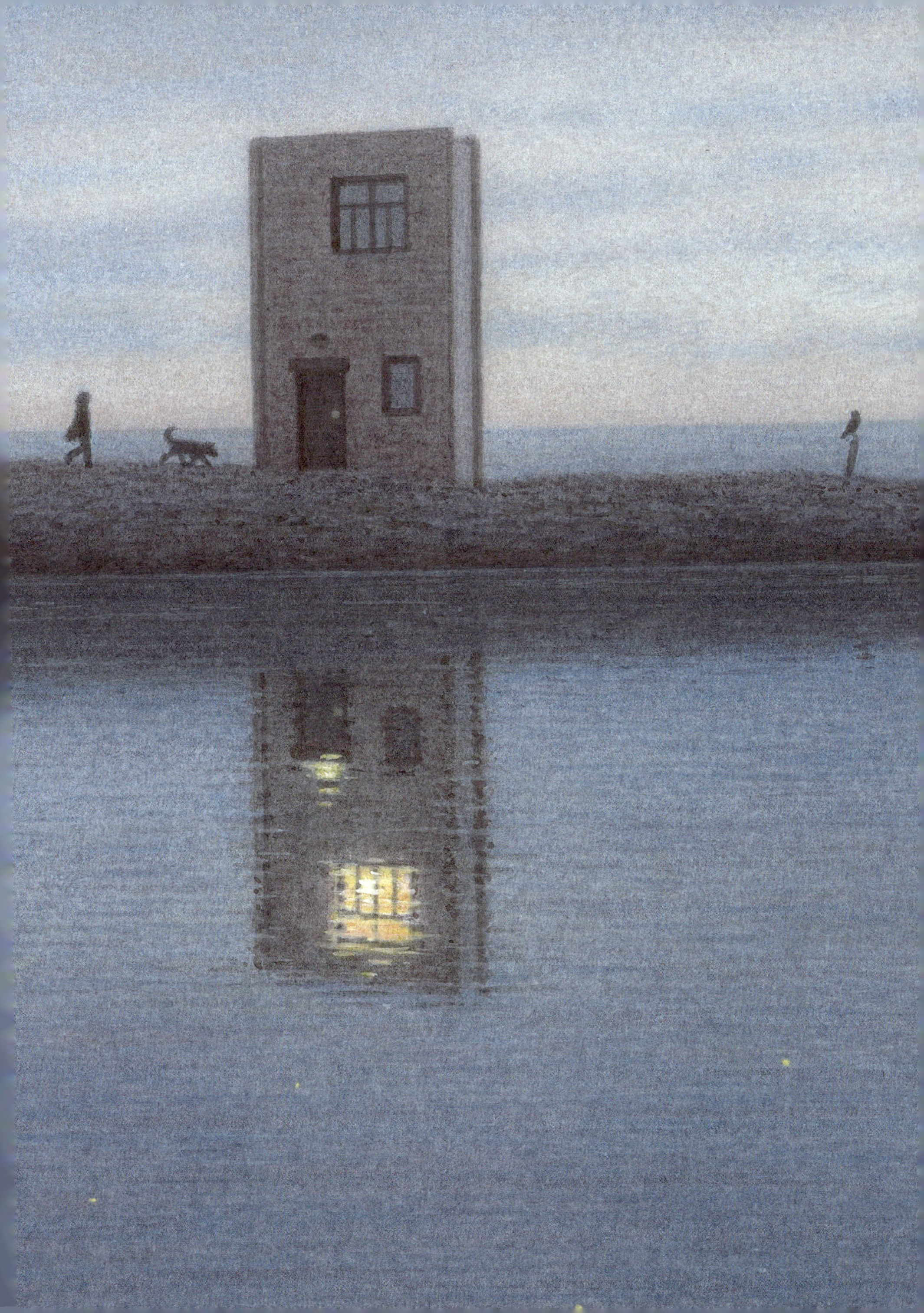

Ele sonha em ser explorador

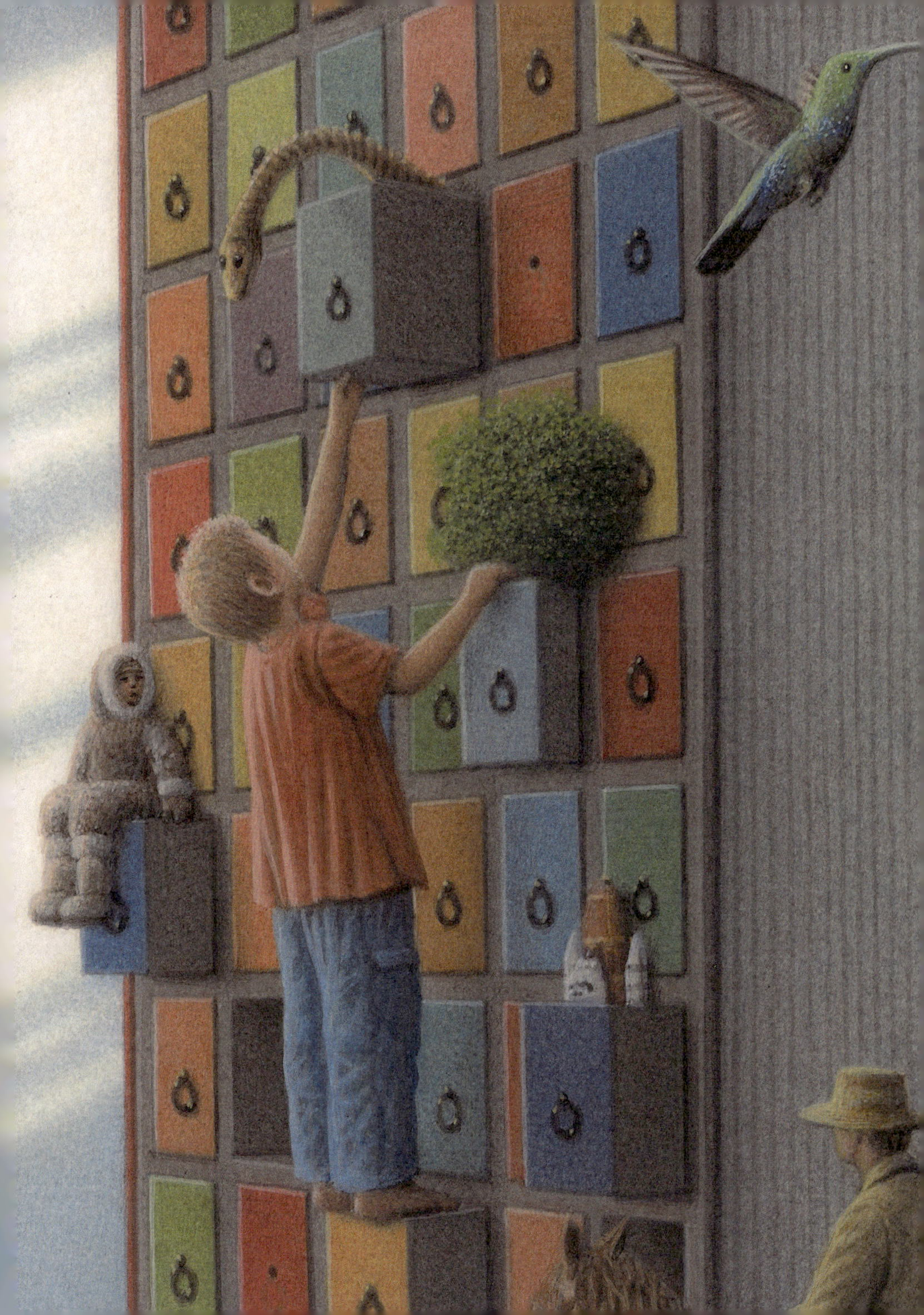

Ela se dedica a devaneios

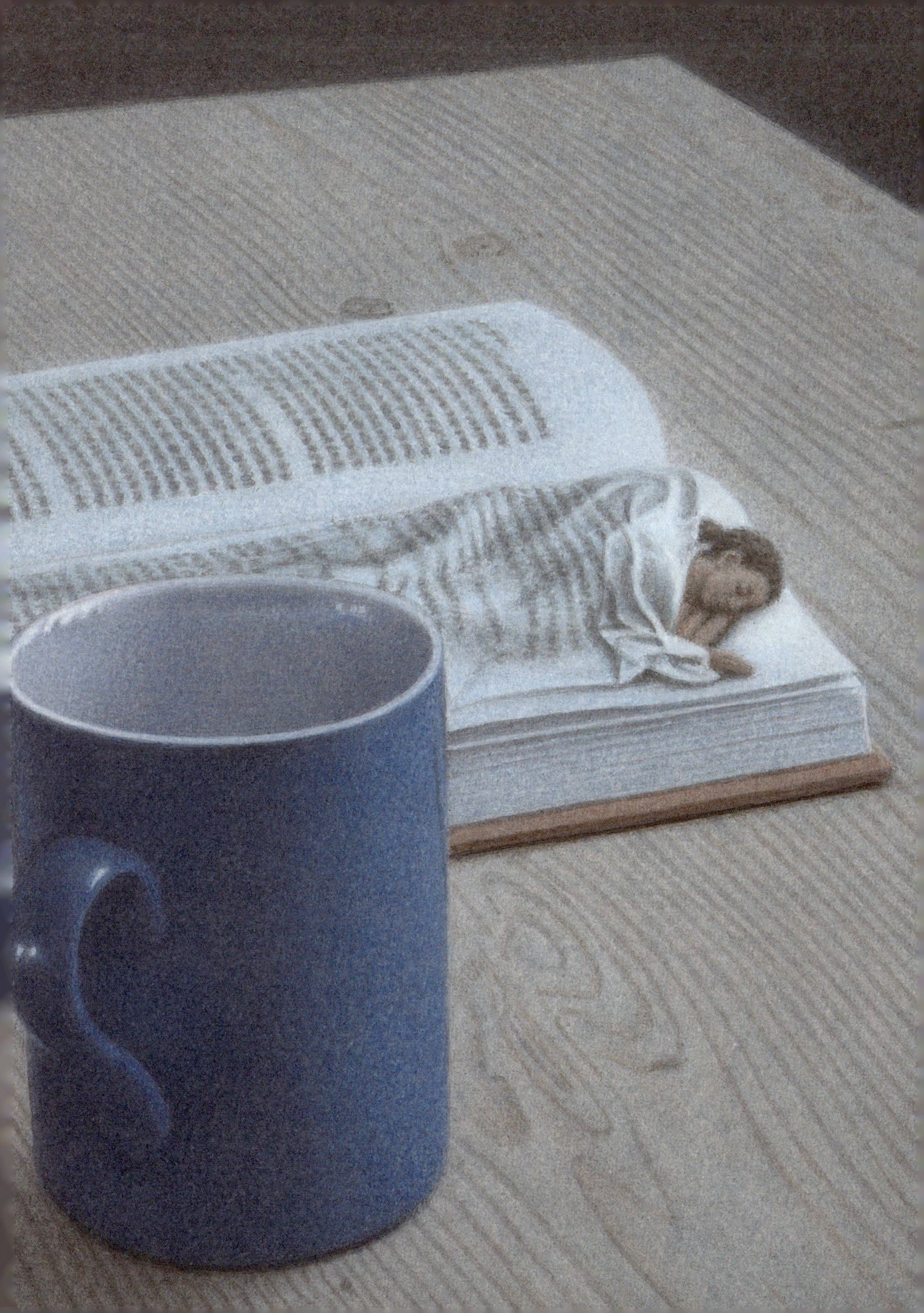

E ela o percebe acolhedor.

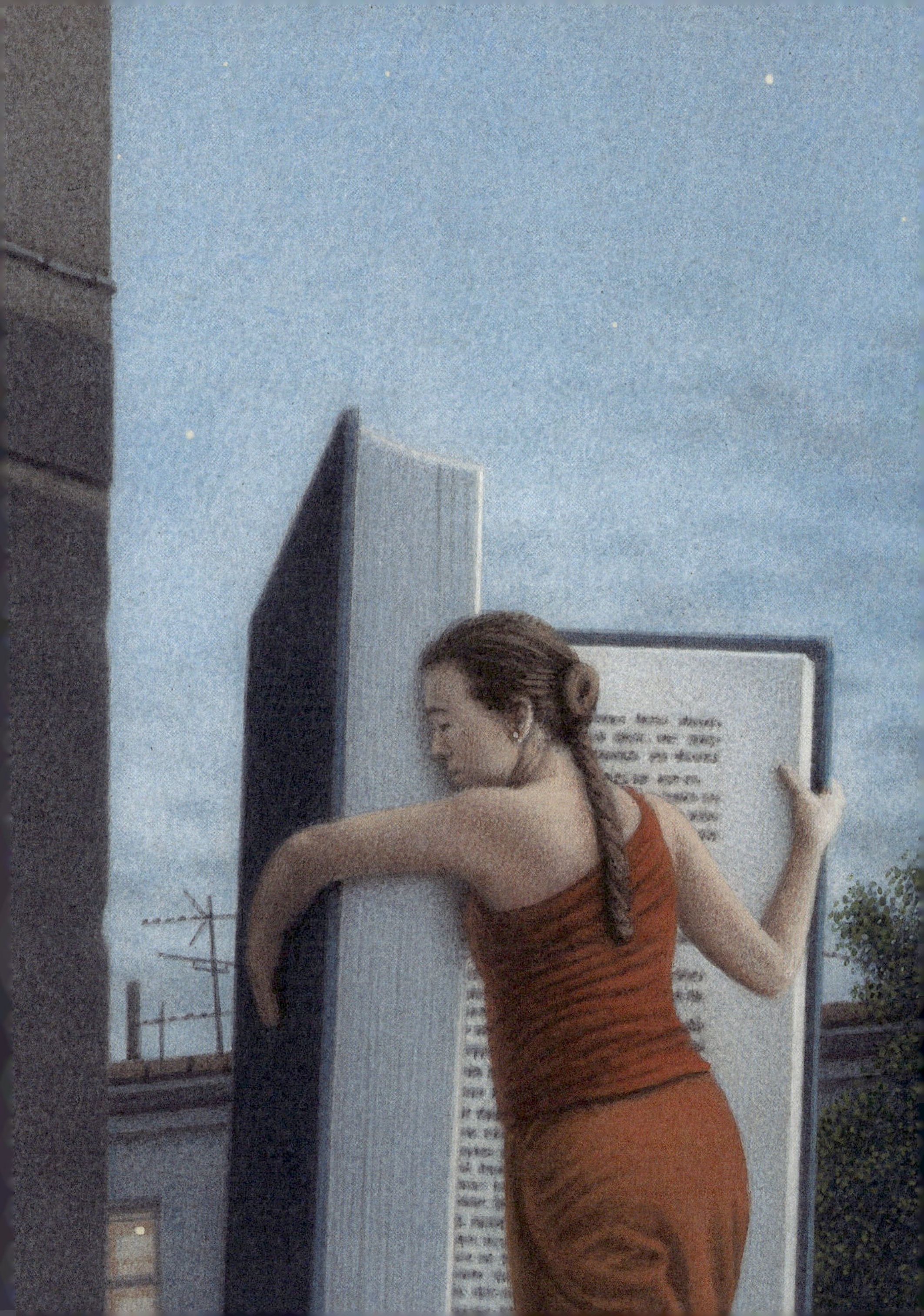

Muitos livros vamos percorrer, explorar
até o topo do céu, desde o solo profundo.
O que buscamos encontrar
é a visão para todo este...

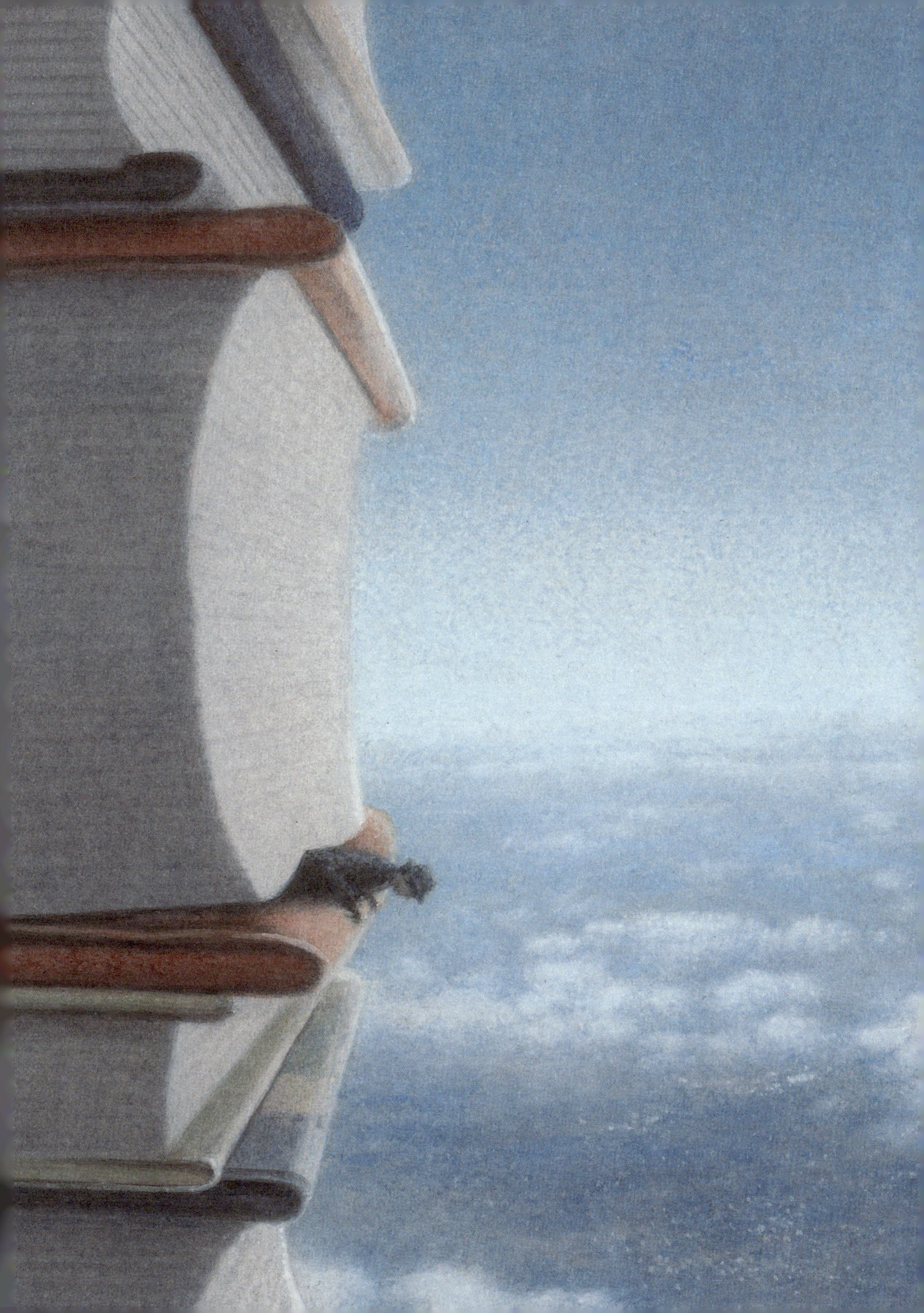

Quint Buchholz nasceu em 1957, em Stolberg, Alemanha, e fez faculdade de belas artes em Munique. É considerado um dos mais renomados ilustradores alemães. Para a editora Hanser, ilustrou livros de Elke Heidenreich, Jostein Gaarder, David Grossman, Amós Oz, Roberto Piumini e Jutta Richter, além de inúmeros textos de sua autoria.

Em 1997, publicou *Der Sammler der Auegenblicke* [*O colecionador de instantes*], contemplado com muitos prêmios nacionais e internacionais e presente na lista dos dez melhores livros do ano da *New York Times Book Review*, assim como, em 2012, a nova edição do clássico *Schlaf gut, Kleiner Bär* [*Durma bem, Ursinho*]. Desde 1982, as ilustrações de Quint Buchholz já fizeram parte de mais de setenta exposições individuais. Atualmente mora em Munique.